AF356710

Vente le Lundi 24 Janvier 1870

COLLECTION DE M. F***

OBJETS D'ART

ET DE

CURIOSITÉ

Mᵉ **COUTURIER**, Commissaire-Priseur

M. **EMILE BARRE**, Expert

PARIS — 1870

RENOU ET MAULDE

IMPRIMEURS DE LA COMPAGNIE DES COMMISSAIRES-PRISEURS

Rue de Rivoli, 144

CATALOGUE

D'UNE INTÉRESSANTE COLLECTION

D'OBJETS D'ART

ET DE

CURIOSITÉ

DES XVIᵉ, XVIIᵉ ET XVIIIᵉ SIÈCLES

Bronzes, Émaux, Bois, Ivoires
Orfévrerie, Bijoux, Objets en matière dure
Miniatures
Faïences de Perse et italiennes

COMPOSANT LE CABINET DE M. F***

DONT LA VENTE AURA LIEU

HOTEL DROUOT

SALLE Nº 5

Le Lundi 24 Janvier 1870

A DEUX HEURES

Par le ministère de Mᵉ **COUTURIER**, Commissaire-Priseur,
rue Drouot, 21,
Assisté de **M. Émile BARRE**, Expert, rue de la Chaussée-d'Antin, 20.

EXPOSITION PUBLIQUE

Le Dimanche 23 Janvier 1870, de une heure à cinq heures

PARIS — 1870

CONDITIONS DE LA VENTE

Elle sera faite au comptant.

Les Acquéreurs paieront, en sus des adjudications, CINQ POUR CENT, applicables aux frais.

L'Exposition mettant le public à même de se rendre compte de l'état des Objets, il ne sera admis aucune réclamation une fois l'adjudication prononcée.

DÉSIGNATION

BRONZES D'ART

1 — Pendule Louis XVI, à figures, en bronze doré et marbre.

2 — Petite paire de Flambeaux en bronze doré, en ancien émail cloisonné.

3 — Autre paire de Flambeaux en bronze doré, époque Louis XIV.

4 — Deux petits Bustes d'empereur romain en bronze, fondus à cire perdue (xvi° siècle).

5 — Deux Statuettes : Centaures ; bronze de la Renaissance sur socle en marbre vert.

6 — Deux autres Statuettes : Saint Pierre et saint Paul ; bronzes de la même époque d'une très-fine exécution.

7 — Statuette d'Antinoüs ; bronze antique.

8 — Autre Statuette, même style.

9 — Très-beau Groupe en bronze de la Renaissance : l'Enlèvement de Déjanire.

10 — Autre très-beau Groupe en bronze d'après l'antique, et signé : CANOVA ; il représente Hercule lançant Lycas dans la mer.

FAIENCES ITALIENNES

11 — Très-beau Plat en ancienne faïence d'Urbino, décor d'arabesques et de figures d'après Raphaël.

12 — Deux Bouteilles, même fabrique et même décor, aux armes d'Autriche.

13 — Très-jolie Gourde à deux goulots, en ancienne faïence de Castelli, décorée de sujets mythologiques.

14 — Deux petits Cornets de Deruta, ornés de figurines en pied.

15 — Petite Coupe à reflets métalliques, même fabrique.

16 — Gourde formée par un lion, ancienne fabrique de Faënza.

17 — Autre pièce de même genre, fabrique de della Frata.

18 — Très-jolie Coupe sur piédouche, en ancienne faïence de Castelli.

19 — Petit Plat creux, fabrique d'Urbino : Daniel dans la fosse aux lions.

20 — Autre Plat de même fabrique, avec sujet mythologique.

21 — Sous ce numéro, divers Plats d'ancienne faïence de Perse.

22 — Vase à anse en ancienne faïence de Perse.

23 — Autre Vase de même genre.

24 — Sous ce numéro, quelques Plats hispano-mauresques à reflets.

ÉMAUX ET BIJOUX

25 — Très-beau Couvercle en ancien émail de Limoges.
à bossettes, et orné de médaillons de figures et
sujets mythologiques, par L. Limosin.

26 — Très-belle Assiette également en émail de Limoges
avec portrait de dame en buste et orné au revers
de figurines attribuées au même artiste.

27 — Petit Portrait de dame en émail de Limoges, époque
Louis XIII.

28 — Petite Plaque en émail de J. Limosin.

29 — Montre Louis XV en or, émail en plein, d'après
Boucher.

30 — Médaillon en or **émaillé**, à figures, époque
Louis XIII.

31 — Médaillon en or, en haut relief, émaillé, formant
armoirie.

32 — Très-riche Pendentif, avec collier en or émaillé,
orné d'émeraudes (époque Louis XIII).

33 — Autre Bijou en or émaillé, avec pierres fines,
forme de nœud (xvi\ siècle).

34 — Petit Pendentif, époque Louis XIII, en argent
doré, orné de perles et de rubis.

35 — Autre Pendentif en argent doré, orné de perles
et pierres fines.

36 — Très-beau Ceinturon du xvi\ siècle en argent doré,
orné de turquoises.

37 — Agrafe de manteau en argent doré et repoussé, ornée
de turquoises.

38 — Petite Boucle en argent, travail de la fin du
xvie siècle.

39 — Paire de Boucles d'oreilles en or repoussé. Travail
italien Louis XIII.

40 — Très-belle Montre, à répétition et à double boîtier,
en or de couleur en relief.

41 — Aigrette hongroise, avec appliques en argent, ornée
de pierres fines.

42 — Écrin contenant un couteau, une fourchette et une
cuiller en argent, orné de mascarons (xviie siècle).

43 — Deux Charmants petits Bas-reliefs, époque Louis
XIII, en argent repoussé, représentant, l'un :
un Combat de cavaliers; l'autre, un Repas de seigneurs.

44 — Un Écrin contenant trois pièces, émail en argent
doré (époque Louis XIII).

45 — Petite Bonbonnière, forme d'œuf, en argent niellé,
avec armoirie.

46 — Deux petits Vases Louis XIV en argent doré et
gravé, ornés de caractères hébraïques.

OBJETS DIVERS

47 — Très-jolie Coupe sur piédouche et à couvercle
en cristal de roche, très-finement gravé.

48 — Très-beau Camée du xvi° siècle en onyx, à deux couches, représentant une tête de Satyre.

49 — Autre beau Camée, même époque, en onyx oriental rubané, représentant une tête de guerrier.

50 — Camée coquille, monté en or, avec turquoises.

51 — Petit Monument, forme obélisque, en bronze, orné de pierres dures et de coraux (époque Louis XIII).

52 — **Deux petits Porte-Bijoux, même travail, avec applique en argent repoussé.**

53 — Très-curieuse Châsse en bronze doré et gravé; le couvercle est orné d'un émail représentant saint Georges terrassant le dragon (xv° siècle).

54 — Reliquaire gothique en bronze doré et émaillé, orné de figurines.

55 — Boussole en bronze doré du xvi° siècle, avec frise en haut-relief et renfermant divers objets d'astronomie.

56 — Horloge plate de la Renaissance italienne; les côtés sont ornés de sujets mythologiques avec mouvement gravé.

57 — Deux petits Vases en marbre, époque Louis XVI.

58 — Très-belle Pipe en ébène sculpté, montée en argent (xvii° siècle).

59 — Plaque en écaille piquée d'or, avec application de nacre gravée.

60 — Deux Plaques en émail de Landin.

61 — Médaillon en poirier sculpté, représentant un buste d'homme (époque Louis XIII).

62 Bas-relief en poirier sculpté : saint Jérôme dans le désert (fin du xvi° siècle).

63 — Plaque en ivoire gravé, représentant le Christ insulté par les soldats (travail du xvi° siècle).

64 — Bas-relief en argent gravé, représentant le triomphe de Bacchus et Cérès (travail du xvii° siècle).

65 — Petite Statuette en argent doré du xvi° siècle, représentant saint Pierre.

MINIATURES

66 — Très-belle Miniature sur vélin, représentant la famille du duc de Penthièvre.

67 — Autre Miniature sur vélin, représentant le portrait de Gabrielle d'Estrées, dans son cadre en argent émaillé.

68 — Autre Miniature sur vélin : portrait d'Anne d'Autriche avec cadre en argent doré émaillé.

69 — Autre Miniature : portrait de Seigneur (époque Louis XIII).

70 — Miniature sur vélin du xvi° siècle, représentant une réunion de seigneurs donnant une aubade.

71 — Très-belle Miniature sur vélin du xvi° siècle, représentant un groupe de dames et seigneurs revenant de la chasse au faucon.

72 — Très-jolie Miniature à l'huile, époque Louis XIV, représentant une dame en buste, avec cadre en argent repoussé.

73 — Petite Peinture à l'huile, par G. Hœt, représentant Jésus chassant les vendeurs du Temple.

74 — Miniature sur vélin du XVIIᵉ siècle, représentant une assemblée des souverains de l'Allemagne.

75 — Sous ce numéro, diverses Miniatures des époques Louis XV et Louis XVI.

Renou et Maulde, Imprimeurs de la Compagnie des Commissaires-Priseurs, rue de Rivoli, 144.   586

Objets Vendus pour Mr. Barre

Lot		Qté	Désignation	Prix		
762		2	pièce en Wedgwood	7	"	-
763		1	pièce Louis XVI argent [illegible]	4	50	-
764		1	[illegible] Louis XIII	5	50	-
765		1	[illegible] parfums	7		-
766		1	Médaillon argent	6	50	-
767		1	id argent émaillé	7	50	-
768		1	id argent	3		-
769		2	Boucles d'oreilles argent	19	50	-
770		2	Objets à reflets	19	50	-
771		2	Petites [illegible]	6	50	-
772		1	Vierge antique	8		-
773		1	Bague avec camée	19		-
774		1	Objet à reflets	13		-
775		1	Bijoux Louis XIII	29		-
776		1	Miniature sur vélin	40		-
777		1	[illegible] argent	22		-
778		1	[illegible] Louis XIII or argent émaillé	39		-
779		1	Bague Louis XIV	16		-
780		1	Médaillon en [illegible]	39		-
781		1	Email	40		-
782		1	Portrait émail	20		-
783	38	1	Petite boucle argent	40		-
784		1	Miniature Louis XIV cadre argent doré	39		-
785		1	Autre	50		-
786		1	Autre	19		-
787		1	Autre	50		-
788		1	Miniature sur vélin	150		-
789	68	1	Miniature sur vélin cadre argent doré émaillé	80		-
790	72	1	Miniature cadre argent [illegible]	150		-
791	[illegible]	1	Autre	107		-
792	[illegible]	1	Autre sur vélin	261		-
793	47	1	Coupe en cristal de roche	490		-
794	49	1	Camée en onyx oriental	290		-
795	48	1	Camée onyx et [illegible]	135		-

No.			Désignation	Prix
796	2	2	Tabatière orange d'or	195
797	67	1	[illisible] dans Selim	220
798	24	1	Montre Louis XV en [illisible]	186
799	[illisible]	1	[illisible] ancien émail de Limoges	250
800	56	1	Horloge plate de la Renaissance	305
801	55	1	[illisible] en bronze	95
802	53	1	[illisible] orange d'or et gravé	190
803	54	1	Reliquaire Gothique en bronze doré	138
804	46	2	Tablets Louis XV	125
805	3	1	Agraphe en argent doré	110
806	6	2	Bronze St Vincent de St Paul	101
807	5	2	Statuettes en bronze [illisible]	195
808	62	1	Pièce sculptée [illisible]	75
809	36	1	[illisible] argent doré et turquoise	125
810	1	1	Pendule Louis XVI	205
811	9	1	Groupe en bronze [illisible] de Dyanire	360
812	26	1	Émail (reliure)	..
813	33	1	Bijoux en émail	950
~~[illisible]~~		~~[illisible]~~	~~[illisible]~~	~~[illisible]~~
815	31	1	Pièce [illisible] en émail	55
816	42	1	[illisible] couteau [illisible]	80
817		1	Médaille [illisible] Montmorency	59
818	13	1	[illisible] Castelli	230
819		2	[illisible] Castelli	74
820	11	1	Plat faïence d'Urbino	320
821	52	2	petits Bijoux avec bas reliefs	171
822	51	1	[illisible] bronze	98
823		1	Plat en cuivre repoussé	115
824		1	Plaque [illisible] Castelli	47
825		1	[illisible] Bernard pendant	45
826		2	Vase Louis XVI en marbre	84

No.		Qté	Désignation	Prix
827		1	Vase faïence de ~~Castelli~~ Castelli	43
828	18	1	Lampe sur pied Coupe sur piédouche	49
829	21	1	Plat faïence de Corse	57
830	21	1	autre plat	40
831		1	Plat faïence	70
832		1	autre	58
833		1	Vase faïence de Corse	42
834		1	Plat faïence	60
835		1	Vase faïence	29
836		1	Plat faïence de Corse	39
837	16	1	faïence d'Urbino	33
838	60	1	Émail Louis XIV et 1 autre	92
839		1	Plat à reflets	42
840	20	1	Plat faïence d'Urbino	89
841	18	1	Plat à reflets Daniel dans la fosse	90
842	15	1	Coupe à reflets	53
843	24	1	Miniature [illegible]	60
844	73	1	Ceinture [illegible] Cuivre	38
845		1	Bas relief Louis XIII	50
846		1	Pièce antique (le dieu du Sommeil)	35
847	7	1	Statuette ivoire	50
848		1	Pièce argent doré du 16e siècle	80
849		1	Pièce de mariage ancienne	90
850		1	Bonbonnière argent ciselé	68
851		1	Statue bronze	24
852		1	Médaillon et croix de turquoises	55
853		1	Miniature	39
854		1	Pièce de [illegible]	28
855		1	Plaque en ivoire encadrée	29
856		1	Plat à reflets	30
857	10	1	Groupe bronze (relieur)	11
858		1	Émail et cornalines	40
859		1	Plat à reflets	38

860	63	1	Plaque en ivoire gravé	75
861		1	Bas relief en argent doré	29
862		1	Plaque en ivoire	70
863		1	Plaque en or repoussé	30
864		1	Plaque en or	25
865		1	Dessin encadré	40
866		1	Médaillon en pierres	28
867		1	Plaque en vieux Saxe	16

8679. 50

9 782329 437651